시래기 꽃피다

정정례 시화집

시래기 꽃피다

초판 1쇄 발행 2021년 11월 15일

지은이   정정례

펴낸이   김선기
펴낸곳   (주)푸른길
출판등록   1996년 4월 12일 제16-1292호
주소   (08377) 서울시 구로구 디지털로 33길 48 대륭포스트타워 7차 1008호
전화   02-523-2907, 6942-9570~2
팩스   02-523-2951
이메일   purungilbook@naver.com
홈페이지   www.purungil.co.kr

ISBN   978-89-6291-938-7 03810

정 정 례 시 화 집

시래기 꽃 피다

푸른길

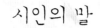

시인의 말

환란은 어찌 계절도 모르는지
창밖 칸나 저리 찬란한데
코 막고 입 막고
사람이 사람을 피해 다니고
제 목숨 걱정에 하루가 갑니다
그 사이 꽃 지고
또 초록이 범람하고
초침이 눈금을 쓸고 가는 나날
목백일홍 흔들리는 바람이
그리움을 물고 옵니다
그동안 편안하신지요
여기는 무사합니다
묵언의 안부만 오고 갑니다

● 차례 ●

제 1 부

봄볕에 튀다

미열에 톡톡 튀는 홍매화*는 돌담에 기대어 천연天然을 기억하고 있다

그동안 서쪽 하늘과 동쪽 하늘은 조금씩 허물어지고 또 수리를 하고 동자승이 고승 되고 구름은 굳어 다시 빗방울이 되는 지상의 풍경을 바라보았으니

승선교 넓은 물소리는
돌을 깎아 내고 다시 차가워진다

인간의 염원은 한낱 끝을 빨갛게 태우며 짧아지는 향촉의 끝에서 머물고 부처는 지긋이 풀어지는 연기를 거둬 간다

나는 손에 개울물 묻히고 강선루 올려다보며 헝클어진 머리 손빗질하는 괜한 짓이나 하다 왔지만

생긴 대로 기념이 되는 그 미열微熱엔 곧
열이 내리겠다

*순천 선암사에 있는 천연기념물

향기

목련 폐업

목련은 화들짝 피어
제 그늘이나 더럽히고 있다
바람에 뭉치고 바람에 풀리는 것들에겐
이면의 본색이 들어 있다

나 어렸을 땐
저 목련에게 본색을 물었었다
도도한 듯, 거만한 듯
한참을 기다려야
말문 열듯 피는 그 형상에
내 본래의 두근거림 의탁하려 했었다

지상의 이치란 고개를 숙이는 일
허리를 버리는 일
더 이상 올려다볼 것들이 사라진다

그러니 오늘 내 본색을
저 떨어진 목련의 폐업에게 물어볼 일

유랑극단

술청에서는 찌그러진 술잔이 절친한 친구다
관절 인형처럼 일인극을 하고 있는 남자는
분장이 필요 없는 배역이다
뻗친 머리카락마다 남자를 떠난 회절回折이
형광등 불빛보다 희다

소매 자락이 술잔을 스칠 때
풀어헤친 말들은 다 대꾸가 된다
누군가 그의 손을 조종하고 있는 듯
쉴 새 없이 떨리고 있다

술잔도 하나고 숟가락도 하나인데
남자의 입엔 두 명의 대화가 있다
하소연 전문 배우라는 듯 혹은 분노의 고정 역할인 듯
꾸짖다가 눈 치켜뜨고 으름장을 놓는다
투명 실이 손끝에 묶여 있는 복화술의 공연
누구나 고민 한두 가지는 품고 있고
그것들은 가장 식상한 세상의 일들이겠지

술의 연극에 취객으로
오래 앉아 있는 남자
입안에 살고 있던 것들 뛰쳐나오면
술 취한 귀로 듣는 일인극
강호를 주유하면서 쇠락한 극단
처음도 끝도 없는 공연이 술잔을 비우고 또 채운다

다 떠나고 혼자 남은 일인 극단
여전히 누군가 남자의 손을 조종하고 있는 듯
허름한 무대만 찾아다니는 푸념극
문 닫을 시간을 향해 더 늘거나 줄지도 않는 술병처럼
누군가 일어서라면 마지못해 일어서겠다는 듯
찌그러진 술을 털어 넣는 남자

꽃망울, 시간을 재다

산수유 꽃망울은
투정 중입니다

가지마다 퉁퉁 부은 눈들이 매달려 있고 대롱거리다 추락하고 말 시
간의 눈동자들이 보입니다 어떤 사람은 고양이 눈 같다고 하고 또 어떤
이는 곧 사라질 순간이라고도 합니다

아령이 팔 근육 속으로 들어갑니다 줄넘기는 제자리에서 뛰는 꽤나
빠른 시간입니다 어디에도 갈 수 없는 뜀박질입니다 땀방울들은 참 오
래 기다린 분초입니까

꽃들의 투정이 시작되었군요

짓무른 4월, 소득 없는 창궐입니다 저기 느닷없는 밤송이는 무엇입니
까 아이들은 지금 막 가시 옷을 벗고 부끄러움으로 갈아입습니다

알약들이 여물어 가는 저 계절은 또 무엇입니까 톱니바퀴도 없이 어쩌면 저렇게 제자리를 돌 수 있을까요 꽃들은, 줄넘기를 하면 어린 시절로 갈 수 있을까요 우리는 왜 호흡을 맞추지 못하는 걸까요 시소를 타듯 거리를 이해하지 않았을까요

분초를 매달고 스톱워치 시작되었군요

가지는 쉴 새 없이 해를 굴리고 추락은 점점 가까워지고 있습니다 가장 무거운 시간들이 가장 샛노랗습니다

날개

하루를 펴고 접다

어제를 데려다 놓은 신문
특종 기사부터 가십난까지 다 읽고 난 뒤
다시 접다 보면 이처럼 가지런한 하루도 없다
일목요연한 제목들 아래로
난초들도 싱싱한 귀를 기울이고
윗집 아이 뛰어다니는 소리가 간간이
사건들 속을 들락거린다
넓은 마루 안을 햇살이 들여다보고
그 안에 눈먼 이야기들이 돋보기에 달라붙는다
온갖 사고들 다 모여 있지만
고함 소리나 비명 소리 하나 없이
팔랑, 갈피 넘어가는 소리만 펼쳐지고 접힌다
이처럼 정숙한 필독도 없다
온갖 난무가 섞여 있는 글자들 속에서
왁자지껄 부글거리며 찌개가 끓는다
마루에 앉아 커피 한 잔을 다 비우고 나니
번잡한 하루의 32면이 64면으로 펄럭 넘어간다
쓰레기 상자에 쌓이고
길거리를 날아다니고 폐지가 되고
저울 위에서 바르르 떨리는 무게가 된다
고작, 이 하염없이 얇은 하루 속에
허리를 접었다 폈다

동백꽃 내시경

없던 꽃가지 하나 올해 새로 피었다
동백의 저 높은 쪽
붉은색 꽃 핀 것을 보니
오래 묵은 봄 속에 출혈 있는 것 확실하다
나뭇가지들 모두 내시경 호스 같다
구역질하는 듯 흔들거리는 구부러지고 휘어진 가지 사이
화농처럼 맺혀 있는 꽃봉오리들
나뭇가지를 자르고 보던 그 속이 헛것이었다
단지 죽은 나무의 속을 본 것이었다

올봄 속상한 동백의 속을
꽃가지 하나 보면서 알 수 있었다
물끄러미 남쪽 하늘을 바라보는 내시경 화면
한겨울을 이겨 낸 이파리들이 오그라들고 빛이 바랬다
수년 묵은 몸통에 휘어지도록 매달린
출혈을 반겼었다

꽃이 짓물러지면서 떨어진다
제 병을 봄날에 걸어 놓고 물끄러미 바라보는
동백의 병석이 처연하다

꽃은 병을 떨구어 낫는다
출혈이 아무는 중인지 붉은 꽃잎들 떨어진다
혀를 내밀어 제 속을 진단하듯
나무는 서서 자신의 속을 본다
봄 햇살 한입 베어 물려 했던 입
또 잘못 보았다

느린 시간과 빠른 시간

지구는 느린 시간과 빠른 시간을
하루에 다 지나친다
빠른 시간에는 하루에도 몇 차례 소나기가 있고
하루에도 몇 번씩 피고 지는 꽃들이 있다
느린 시간에는 그리운 것들과 한숨이 있고
너무 빠른 시간이 독촉하는
초조한 순간들이 있다

시간은 너무 뜨거워서 빨리 지치고
또한 너무 차가워서 늦게 달궈진다
강물은 금세 불어났다 다시
제 모습으로 잦아든다
바다는 천천히 빠져나가고 갑자기 밀려온다
밀려온 시간들은
발이 푹푹 빠지는 사구砂丘를 만든다
느린 시간엔 아직도 부패하지 않는
무덤들이 곳곳에 숨어 있다
몇십 년 전에 죽은 사람이 그대로 누워 있고
빠른 시간에서 늙은 사람이
옛 시간을 정성스럽게 화장化粧한다

시간의 단위는
한 별에서 살고
서로 꼬리를 물고 돈다
빠르고 느림이란 인간이 정한
단어에 불과하지만
삶은 더 빨라지고 죽음은 더 느려진다

금수강산

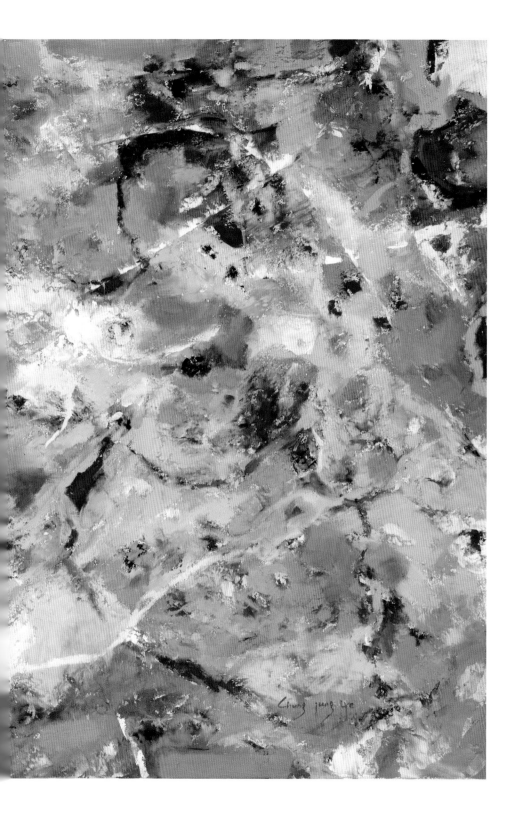

골목의 악보

이쪽과 저쪽 끝을 밑줄인 양 걸어 놓고
고무줄놀이를 하고 있는 아이들
골목에서 부르는 노래들은 모두 골목에서 배운다
다리 무릎 허리 어깨 머리
오선지를 만들면
고무줄은 팽팽한 악보가 된다
음표들이 검은 음계를 통통 튀며 넘나든다
길에 늘어난 노래가 된다
공중을 끌어당겨 발로 밟고
박자를 풀어 음정을 맞추고
높이와 중력을 갖고 노는 아이들
점점 높이가 높아질수록
높은음자리들 팔짝팔짝 뛴다
호흡이 빠른 악보는 자주 틀리고
그때마다 되돌이표 잠시 꺼둔다

음표들이 아이들을 놓치거나
아이들은 악보의 탄력을 놓치고 만다
골목이 지치면 아이들도 지친다
악보는 불그스름해지다가 검게 물든다
오선지도 음표도
아이들을 분간할 수 없다

골목의 공중은 악보 한 장이다
걸려 넘어진 발들이
부서진 음표들을 신고 집으로 돌아들면
불빛 환한 창문들은
내일의 악보를 수정 중이다

환희

양귀비꽃은 뒤란의 다른 말이고
두근거리는 은신처들이다
시치미 떼는 건 바람에게서 배운 부인否認법이다
한 번도 집 밖으로 들키지 않는 비밀
누구나 지켜 주고 싶은 빛깔의
홑겹 이불을 덮고 잠든
언니들의 첫날밤

뒤척인다는 것은 아득한 곳에
아득한 환각이 있다는 뜻이다
뒤척뒤척 꽃잎 흔들릴 때면
숨어들어 온 뒤란의 햇살이 꽃술에 앉아
귓속말 건네는 그 순간은
미처 내가 배우지 못한 배우지 않아도
알 수 있는 환희 같은 것이 아니었을까

천국이 흘러나오고
칠흑 같은 바람이 흘러나오던 양귀비꽃
평생 화단을 갖지 못한 화훼花卉
숨어 피는 꽃

사람의 이름을 하고
은둔하는 짧은 순간의 환희
차이니즈레드와 오로라핑크로
구상과 비구상을 들락거리는 양귀비

사랑

꼬리의 말

개의 몸에서 가장
자유로운 곳은 꼬리다
표정 없는 얼굴을 모자라는 감정을
귀와 꼬리로 대신하는 것이다
그러므로 개의 꼬리는
개의 웃음이자 슬픔이다
얼굴을 손에 묻고 우는 사람처럼
제 얼굴 쪽에 꼬리를 앉혀 두고
개는 울적할 때가 있다

개가 꼬리에 묶인 것인지
꼬리가 개에게 묶여 있는 것인지는
모르겠지만 개의 꼬리는
개의 몸에서 가장 높은 곳에 있고
또 가장 낮은 곳에 있다

갸우뚱하는 의구심은
꼬리에 두고 개는
알 듯 모를 듯 꼬리를 젓는다

컹컹 개가 짖는 소리에
낯선 사람들이 어슬렁거리고
저 반가운 꼬리에
우리 집 식구들이 다 들어 있다

넝쿨장미

못 넘는 길이 없다는 듯 줄장미 여름이 담장을 넘어간다 궁금한 곳이 길이 되는, 붉거나 흰 꽃의 도로포장법이 여기 있다 발길 닿는 곳마다 여름인 것 같지만 아무도 줄장미 발을 들여다본 적이 없다

몸은 안에다 두고 꽃은 밖을 보는 이유가 있다

붉은 이유는 붉어서 뜨거울 것 같지만 여름을 참지 못하고 지는 꽃의 축이다

어느 엉킨 전설에서 뚝 떨어진 꽃말이라는 듯 좁은 담장을 걸어가는 모양이 꼭 들고양이 같다

암고양이의 눈빛이다 담장의 무게로 지나가는 오월에서 유월 사이 저 혼자 날카로워지고 뾰족해지는 가시가 있다

꽃이 밖을 보는 이유 담장의 계절은 담장의 안쪽이거나 담장의 저쪽이다 불러들이지 못하면 털어 버리는 넝쿨장미 물 빠진 꽃잎이 담장의 안쪽으로 떨어진다

담 안쪽은 사람이 그 꽃잎을 쓸고 저 쪽은 바람이 쓸고 있다
사람은 마음이 무겁고 바람은 가볍다

숙련

얕은 물에 왜가리 한 마리
이름처럼 외발로 서서는 콕콕 집는 곳마다 과녁이다
집어 올려도 과녁 놓쳐도 과녁
부리에서 놓인 물고기는 동그란 과녁을 뚫고
물풀 사이로 도망간다

콕콕 찍는 곳마다 물의 수면이 깨진다
깨진 물의 파편은 재빠르게 햇살이 된다
저가 발 담근 곳에서 얻는 밥
물속에 제 온 그림자를 담그고 나서야 얻는 밥
물가에서 아버지 하고 불러도
왜가리 날아가지 않는다

평생 땅의 계절에 과녁을 두고 살았던 아버지
땅에 온몸을 던져야만 밥을 벌 수 있다 굳게 믿은 때문일까
이젠 아주 흙이 되고 말았다

저 흐르는 물 깨트릴 수 있는 이 누가 있을까
강물 속으로 돌 던져 본 사람은 다 안다
흐르는 저 물의 접착력을
물을 깨트리고 물의 낱장을 깨트려도
부리 하나 상하지 않고
날카로운 파편 하나 만들지 않는 저 밥벌이
먹고사는 일에도 저처럼
외롭고 고요한 숙련이 필요하다

누구든 저 숙련에 이르러서는
먹고사는 문제 따윈 없을 것 같다

붉은 기린

철문 굳게 닫혀 있는 공사장 안쪽
기린 한 마리 이쪽을 넘겨다보고 있다
긴 목을 더 길게 빼고
붉은 노을을 뜯어먹으려 하고 있다

초원 같은 건 모른다
한 몇 달 움직이지도 않는 기린
삐죽삐죽 자라는 철근들은 뜯어먹을 생각도 않고
긴 목으로 나르던 공중이
녹스는 소리를 듣고 있다

풀밭이 부도가 났다
그래서 함부로 뜯어먹을 수 없다
그 사이 황사가 불어오고 저 아래 화단엔
팬지가 피어나고 개나리가
새로운 공사를 시작했다

어느 날부터 기린은
부릉부릉 거리는 엔진을 갖고 싶은 눈치다
검은 연기 풀풀 날리며
이쪽 공중과 저쪽 공중을 연결하고 싶은 눈치다

 털갈이 때도 아닌데 붉은 털만 돋아나는데
 아무도 기린이라 불러 주지 않는다
 더 붉은 털 자라기 전에 빨리
 풀밭 공사를 끝내고 싶을 뿐이다

사랑-2

한 줌

이 한 줌은 참으로 애매하다
누군가 그것을 들고 손 씻는 동안
꽉 쥐면 물고기로 변한다
두 손을 모아 비비게 만들고
손짓으로 진 죄를 빌게 한다
미끄러운 감촉은 은밀한 죄의 안감 같다
자꾸 손가락 사이로 빠져나가려 하는
이 한 줌 속엔
지느러미와 비늘과
아가미가 들어 있는 것이 분명하다

물을 만나면 미끄러운 힘
부글부글 손에서 일어나는
한 줌은 물고기 같지만
물을 만나면 닳아 없어지는 일생이다
공기를 만나 숨을 탕진한
사람의 일생과 동일하다

한편 이 한 줌은
참으로 깨끗한 존재
흐르며 풀어지는 화해와 같고
손의 예의 같은
미끄러운 한 줌 물

화성 몰려가는 것들

철새들이 몰려간다 줄을 지어
허공이 몰려감을 받쳐 주고 있다
바람이 잽싸게 길을 열고 구름은 에워싸고 동행한다

몰려가는 곳에는 아파트가 보이고 몰려가는 곳에는 떴다방이 뜬다

사람들은 꿈을 찾아 몰려다니다
어떤 사람의 머리 위에 구름 한 조각 떠 있고
바람에 어떤 사람이 넘어지기도 한다
허공에 커다란 플래카드가 흔들리고 모델하우스는 입을 벌리고 있다
사람들이 그 안으로 줄지어 들어가고 있다

담쟁이넝쿨이 맨손으로 벽을 기어 위를 향해 몰려간다
조그마한 새순이 담벽에 붙어 앞장서고 있다
담 너머로 분양 비율 7:1이 푸드득거린다

허리띠 졸라매며 가파른 벽을 기어오르는 저 담쟁이들
저쪽 너머로 피안처럼 아파트가 번쩍거리고 있다

온종일 서성이는

자꾸 서성이는 발 묶어 두고
흩날리는 머리카락 쓸어 놓고
멀리 던져 놓은 눈길이 흐릿해지고
두 손은 호주머니 속에 묶어 두고
온종일 서성이는 이곳은
첫사랑입니다

두근거리는 골목을 지나고
훑은 앵두 몇 알 손아귀에서
으깨어지는,
붉은 손끝의 지점인 이곳은
첫사랑이 지나가는 곳입니다

서성이는 일이 이렇게 숨차고
입술 마르고 하나의 심장으로 달리는데
수백 개의 발굽 소리가 나는 이곳은
첫사랑을 기다리는 곳입니다

올해도 작년도 내년도 아닌
불현듯 내리는 소나기처럼
지금은 첫사랑의 여름입니다

chung yung lye

흔적으로부터의 드로잉

제 2 부

우중 건축

일 획이 다 획이 되는 풍경 한 줄기가 한 덩이로 뭉쳐지기는 쉬워도 한 덩어리가 저처럼 줄기가 되는 일은 어려운 일이다

엉키지도 않고 내리는 비 소리만 엉켜서 문밖이 소란스럽다 저 소란이 강을 붇게 하고 잎을 틔우게 하고 웅덩이를 만들고 셀 수 없는 풀을 돋게 한다 못 박히듯 빗방울이 온 들판에 박히고 있다 그 소리가 나무를 오르고 강의 돌을 들추고 물고기의 아가미가 된다

숲이 키가 자라는 것은 다 빗줄기가 만든 거푸집 때문이다
비는 딱 일 년짜리 건축만 한다 비 오는 봄엔 온통 일자리다

잎이 다 지면 온전히 드러나는 비의 건축 설계도가 빽빽하다 고층에 자리 잡은 새들의 집터와 뼈대만 서 있는 나무들의 골조 연못이 들어설 하얀 공터 창문이 열린 스산한 거리

지금은 한 장 봄의 설계도가 비를 기다리는 중이다
쿵쾅거리며 물을 못 박고 있는 일꾼들이 있다

엉겅퀴

가시울타리 안에 자홍빛 의중 하나를 막 앉히고 있다

꽃등 하나 내걸고 꽃대 안의 사나운 것들 다 밖으로 내보내고 있는 중이다 세상의 색깔들 중 제 것만 골라 쓰는 것들은 꽃들밖에 없다

출정식 같다 두꺼운 갑옷을 두르고 비수를 품고 벼르고 서 있는 사기가 하늘을 찌른다 자홍빛은 절대 이 가시울타리 밖으로 나가지 못한다

불도 없이 끓이고 있는 것이 있다 이글거리는 꽃송이 분출하기 직전이다 그 꽃송이 다 꺼지고 나면 결국 하얗게 재를 날리는 꽃씨들 누군가 툭 치기만 해도 흩어지는 의중

갖고 있던 모든 색을 다 버리는 꽃 가을 한철 복수로 불타던 논둑의 푸른 절기 찬 서리에 맥없이 무너지고 가시울타리 감옥 한 채가 사라지고 있다

복수라는 꽃말은 톱날 같은 이파리에게 다 주었다

달이 귀를 여는 밤

쉿, 달밤에는
말 못하는 존재들이 수다를 떤다
일인칭 언어들과
다인칭 몸짓들이 모두
달의 스피커 안으로 빨려 든다
반딧불이의 야간 행진
나뭇잎들의 뒤척임
달맞이꽃의 미소
달은 온몸이 귀여서
존재들은 그 환하거나 어두운 귀를
빌려서 쓴다

입으로 내는 소리는
모두 귀를 찾는 소리들이다
빈 논에 가득한 개구리 소리
밤의 은밀한 발성법의 부엉이
몸을 긁어서 내는 소리들은
서로의 몸을 찾는 소리들이다

등이 가려운 나무들이
귀뚜라미 소리로 등을 긁는
지금은 달이 귀를 활짝 여는 밤
귀가 너무 밝음으로
사람의 귀는 불필요해지고
어떤 소리도 듣지 못한다

소리가 가득 찬 달
달은 스스로 마개를 열고
온갖 곤충들을 풀어 놓는다

475, 368

아직도 후쿠오카 감옥엔
두 사람의 수인 번호가 있습니다
475, 368
마치 별들의 집회 같은 숫자들
두 사람의 번호를 섞으면
345678 아,
이것은 혹시 현해탄 건너는
귀국선의 선실 번호는 아니었을까요
소금물로 매일 절여지다가
바다로 넘실거렸을까요
하늘과 바람과 별과 시를 노래한
입술이 타들어 가고 살갗이 짓물러 가고
심장이 터질 때까지
475, 368
타국의 감옥 속 장면이 흑백으로 식어 간다

밤을 기다리는 일은 별을 기다리는 일이라고
토닥토닥

야크배낭

히말라야 트레킹 대열에
몇 마리 야크가 섞여 있다
고도 육천 미터
제 몸무게보다 더 무거운 짐을 지고 간다
문득, 저처럼 완벽한 배낭이 없다는 생각
가끔 숨을 헐떡거리는 동안에도
그 입 벌리고 있는 동안에도
내용물 하나 흘리지 않는 야크의 야무진 등
목줄마다 제 이름을 달고 있다
산을 가로지르는 길을
지퍼처럼 열고 가는 뿔의 선두들
야크 사람 길 나무 모두들 씩씩거리는 산길
야크의 등에서 무럭무럭 피어나는 히말라야 안개가
고산의 허리를 찜질하고 있다
숨기는 것 없는 투명한 등짐
짐을 내리면 다시 빈 배낭이 되는 등

주인은 잠시 쉴 때마다
임신한 야크의 배를 쓰다듬어 준다
배 속에 든 또 다른 배낭이 이제 막
눈이 생기거나 톡 하고 작은 뿔이 자라나는 중이거나
발굽이 단단해지고 있을 것이다

야크 몇 마리가 서서 지나온 길을 내려다보고 있다
한 마을이 가물가물 닫히고 있다
사람들이 살고 있는 마을이다

분양, 분향

모델하우스도 없고 전단지도 없이
오동나무는 지금 향기를 분향 중이다
집안의 옛 어른을 닮아서
잎은 갓머리 같고 꽃잎은 안방 버선목을 닮았다
이윤도 없고 이사도 없는 분향엔
장롱 문짝 자개 그림으로 바쁜
봉황이 짬 내어 날아와 앉기라도 할까

향기는 세상의 틈이어서
잠시라도 말들이 깃들었다 간다
새들이 전해 주는 이야기는 한결같이 보랏빛이다
오동은 양지의 성품이어서
남아도는 양지는 이파리 밑에다 모아 둔다
오동꽃은 처음부터 고층으로 시작되므로
어디에 있든 로열층이다

오동나무 꽃 분향은 특이하게도
건축되는 것이 아니라 무너지는 것으로 행해진다

기쁨

시래기 꽃피다

시래기를 끓인다
흰서리가 풀풀 뚜껑을 들썩인다
담벼락 맛이기도 하고
엮어진 것들이
풀어지는 맛이기도 하다

묵직하게 달려 있던
구근들은 모두 어디로 갔을까

마른 시래기에는

바스락거리는 소리가 들어 있다
한소끔 끓다 보면 풋내가 사라지고
땅 맛을 잃어 간다

보글보글 꽃잎 피워 내던 푸른 날들
기름진 땅의 숨결이 느껴지고
뜨거운 태양을 땅 밑으로 실어 나르던
파릇한 이파리의 시간이 들린다

누렇게 뜬 햇볕을 삶는다
감칠맛은 꼭 오후의 석양 같다

기꺼이 당신 안으로 스며들어
당신의 온몸을 돌며
생각하고 느끼고 말하는 일들을 참견하고 싶은
똑딱 일 초에 한 바퀴씩
당신 몸을 돌고 돌아오는 맛

새살이 돋고 피가 돌 듯
한 숟가락 또 한 숟가락
당신 몸속에 꽃길이 생기는 한 그릇
시래깃국

첨단尖端
유전의 변이

시간이 지하철을 타고 달린다
아이폰에 사람들이 붙들려 있다
사람들
그 큰 입으로 쏟아지고
몰려 들어간다

광고가 눈길을 붙든다
턱뼈 190만 원
코 120만 원
눈 150만 원
뱃살 180만 원

시작을 모르는
뼈를 깎고
눈을 째고
살점을 도려낸다
어머니를 포기하고 싶은 사람들
할아버지의 할아버지의 할아버지를
포기하고 싶은 사람들

어느 딸의 어머니가
어머니의 딸이
빠른 속도로 끌려간다
아무도 닮지 않았다

자연으로부터

겹, 이라는 말

겹이라는 말은 참 인정스럽다
몇 겹이라는 말은 힘이 세고
두텁고 포근해 보이는 외투를 닮았다
겹이라는 말에는
할머니의 피난 기차가 들어 있고
아버지의 무용담이 술잔 속에 쌓여 있다
그리고 그 튼튼한 겹은
내 기억의 반경에 묶여 있다

장미는 제 속을 아득하게 하는 방법으로
겹을 사용한다
꽃잎마다 겹겹의 향기를 모아 두고
나비의 날개를 접어 둔다
이삿짐 속의 포개진 접시들과 이불
철 지난 옷들의 자세로
나비는 봄에서 여름까지 난다

겹을 휘감으면 끊이지 않는 무늬가 되고
굽이굽이 산등성이가 있다
국숫집 면장의 손에서 불어나던
면발의 방법론 탕탕 바닥을 칠 때마다
배수로 늘어나던 숫자
겹겹이라는 말
불 없는 시간 동안 꿈꾸었던 말일 것이다
그 긴 시간을 지나면서
인간의 체온이 정해졌다 생각하면
참 아득한 말이지만
그 말의 끝에도 겹, 이라는 말이
단추를 잠그고 있다

부엉이 울음이 들려오는 밤

깊은 밤 들리는 노래엔 무늬가 있다
바람 따라 변하는 색깔 얇아지는 귀를 창가에 둔다

잠 못 이루는 밤을 노리는 건 달빛이다
보름달은 부릅뜬 눈으로 소용돌이치며
스쳐 가는 세월의 파장
부드러운 목소리에는 약한 곳을 쪼아 대는
날카로운 부리가 있다

해바라기 눈으로 다가오는 요람을 기억하는 본능은
시간 위에서 밝아지는데
그때마다 밤눈 밝은 소리 깊어진다
깃털이 가벼운 너는 나무에 오를 수 없어
가지가 대신 갈퀴를 붙든다
흔들릴 때마다 한 옥타브 낮아지며
새벽을 향해 가고 있다

얼룩무늬 자장가
그 품속에서 이젠 잠이 들었을까
저기 몽롱한 꿈길이 보이고 밤의 시력들이 더욱 밝아진다

chung jung lye

기다림

그 한여름

마당이 증발했다 덕석에 말린 콩깍지가 튀고 말벌 한 마리 처마 밑을 맴돌고 철봉대에 매달린 햇빛이 산발한 옥수수 머리에 불을 댕겼다 옥수수 껍질 속 알맹이가 익어 가듯 벌거벗은 아이들은 올망졸망 커 갔다 뒷산의 전설과 앞개울의 물소리를 실어 나르던 바람, 여름 동안 몇 번을 벗었다 다시 벗던 뙤약볕, 그렇게 벗은 여름의 등은 늘 흑갈색이었다

그 한여름, 우물 속 냉수를 들이키듯 목이 아프다

우물의 수위는 왜 시간이 흐르면 낮아지는 것일까 자리를 옮기는 찬 우물의 수위처럼 보란 듯이 아주 먼 지난날에서 차오르는 현재의 기억들

한여름 마당에서 사라진 것들이 멍석처럼 둘둘 말리고 있다

지우개를 묘사하다

폐가는 인기척의 흔적들을 지워 준다
허물어진 담장 안은 잡풀들의 공유지
폐가는 딸린 채마밭을 쓱쓱 지운다
지울수록 초록의 빗금은 더 무성해지고
선명하던 추녀 끝을 지우고
구름이 하늘 한 귀퉁이를 쓱싹쓱싹 지우듯
추켜 올라간 부연附椽을
공중이 살짝 지운다

폐가를 지우는 것은 고요의 지우개다
마당을 지우는 것은 무성한 바람의 잔털들이다
과일들은 맛보는 입맛이 없어
신맛을 놓치고 단맛도 놓치고 만다

한때 방 안 가득 웃음소리가 태어나고
결국, 울음소리로 돌아갔을 것이다
늘어난 식구만큼 돌절구도 바빴으리라
풀꽃이 집을 지킨다
둥근 소리들이 빠져나간 폐가에는
날카로운 소리들이
마루며 문살 사이에 숨어 있다
아예 들어와 산다

생활의 흔적

그 옛날 우리 집에는

마당에는 언제나 서너 개의 빗자루가 세워져 있었어요
동이 트면 우리 집에서는
바람이 가위를 들고 구름을 자르는 것이 보였어요
그리고 환하게 동쪽 하늘이 열렸고
오색 닭들이 반드시 깨어지고 말 지구를 쑥 낳았어요
빗자루 중에서는 이따금 잎이 돋고
꽃이 피는 것도 있었어요
열두 달 필요한 달은 돌담이나 지붕이 키웠지요
밤이면 언니는 샛강에 목욕을 가고
담은 밤마다 길이가 늘어나고 또 어떤 담은
밝은 귀를 가졌지만
우리는 모른 척 시치미를 뗐지요
구들장 밑에 숨어 있던 짐승들은 저녁마다 캄캄한
산 쪽으로 날아가고 아궁이에 군고구마가 익어 가고
부뚜막 위 고양이가 잔털 몇 올을 후 불었지요
그땐 요즘 애들은 전혀 모르는 요즘 애들이 살았지요
된장 단지 속에는 흰 밥알 몇 개가 꿈틀거리고
할머니는 조심스럽게 그것들을 주워 내면서
장이 제 몸에서 키우는 것이니 괜찮다고 하셨어요

그러면 어머니는 우물로 가셨어요
우물에는 깊은 메아리가 살았지요
빈 두레박이 내려가면 저 물 밑에서도 첨벙하고
한참 후의 시간이 대답을 하곤 했어요
들여다보면 소리는 점점 깊어지고 캄캄한 우물 속에는
누군가 어른거렸어요
그 옛날 우리 집에서 함께 살던 것들이에요

'15. chung jye

수박

저기 작은 우주 하나
꿈쩍 않고 엎드려 몸을 불린다
저 깊은 속 끓고 있는 용암을 생각하는지
그 열기 찾아 길을 내고 있는지

저 요지부동의 힘이
바람을 바람이게 하고
이파리 무성케 하고
줄기는 단단하게 하고
속이 속답게 차오르게 하리라

줄기 속을 흐르는 물소리
탱탱 문 두드리는 소리
쩌억쩌억 살갗 터지는 소리
어둠이 똑똑 영그는 소리
풀벌레 달빛 부르는 소리
잎사귀에 이슬 내리는 소리
맺힌 이슬 구르는 소리
뭔가 우주 밖으로 떨어져 내리는
꼭지들 솜털 세우는 소리

간밤 내리던 비 그치니
길이 더욱 뚜렷하다

감청 빛 물길을 둘레만큼 늘여 입은
한여름의 그 시푸른 열기

지금 누군가 손을 뻗어 지구의 꼭지를 딴다

문학전집 진열장 앞에서

참 많이 늙었구나
진열장 거울을 보며 되뇌인다
거울은 깨진 다음에야
주름이 생기는 것이지만
아직도 매끈한 그 뒤쪽에
광활한 설원과 증기 기차와 국경
하얗게 타오르는 자작나무 여전하구나

진열장 속의 책 제목들은
서사를 증식시키며 누렇게 바래 간다
바래 가는 것들은 출처를 앙다물고
여전히 돌아오지 못하고 있는
라라 나타샤 혹은 안나 카레니나
시집올 때 가져온 전집들
어쩌다 저리 춥고 광활한 혼수가 있었나

오늘은 과거보다 불 켜진 전등이 더 많지만
한낮의 그늘들과 양산 밑의 산책
양장본 청춘은 너무 가지런했다
흰 머리카락이 한 올 책갈피 속에서 미리 늙었을 것 같은
어느 페이지를 떠올리면
지나간 시간들이 인쇄되어 있고
금박의 제목들과 북방식 된 발음으로 추억한다

얼굴이 전집을 읽는 날들이다
내 얼굴은 춥고 광활해졌다
진열장 옆 고상이 먼지에 쌓여 늙어 가고
무릎 꿇은 간절한 기도는 언제였던가
환幻을 훔쳐보면
거울 뒤로 숨는 율리아나가 보인다

무릉도원

후미

운구차를 놓치고 운구차를 따라간다
수시로 끼어드는 차량들 사이에서
사거리를 지나고 또 작은 사거리에서 놓친 운구차의 후미
색색의 차량들이 꽁무니에서 꽁무니로 이어진다
몇 번의 신호와 끼어들기 끝
어쩌면 간신히 놓친 죽음, 다행히
멀어진 죽음과의 거리를 재며 죽음을 따라간다
허둥대면서 무단 횡단을 피해 가면서
방지 턱을 부주의하게 넘으면서
짐작으로 따라가는 아침 화살표 하나를 만난다
다시 들어선 죽음의 길잡이
어느 산 구석으로 날아가는 화살표
어느 쪽에선가 당겨진
놓아진 활시위 과녁은 누가 될지 모른다
좌회전을 하고 다시 우회전을 하고
어쩌면 이렇게 잘도 날아가고 있을까
사람들 북적이는 곳을 지나면서부터 친절하게 표시된
죽음의 깊은 골짜기
막다른 길 앞에서 서성일 시간조차 없는
저만치 언덕을 오르는 운구차를 만났을 때
딱 그쯤에서 돌아서고 싶은
다시 놓치고 싶은 저 죽음의 후미

부르릉거리며 이미 검은 연기 뿜어내고 있는
화장火葬의 한때가 타고 있다
어디에서 어디로 간다는 것은 저 후미처럼
연소해야 할 연기 같은 것은 아닐까
누가 누구를 찾아간다는 것은
순서 없이 떠밀려 가는 아침의 행렬이 아닐까

부화의 확률

호박 줄기들은
여울의 속도로 자란다
땅 맛을 음미하며 자갈밭을 쓰다듬으며
봄에 몇 알의 호박씨를 묻고
깜빡 계절을 입 다물고 있다가
알뜰하게도 애호박 따다 먹었다

찌개 맛이 남대천 물맛을 닮았다

줄기는 그렇게 멀리까지 가는 흐름이 아니었지만
작은 언덕을 넘어 키가 작은
땅감 나무까지 흘러가는 중이었다
군데군데 넝쿨손은 쉬었다 간 흔적을 남긴다

애호박을 뒤지다 보면
후다닥 도망간 호박 하나 보인다

반질거리는 물빛 제법 묵직해져서는
여울에 숨은 작은 바위 같다 날쌘 물길이 보인다

서리가 내리고 난 물결을 뒤지면
늙은 돌 하나 누렇게 익어 있다
태평양을 거슬러 온 듯 살갗이 거칠다
그렇게 뒤져도 숨어 있던 호박은 늙어서
또 씨앗 바글바글 품고 있다

애호박은 여름이 회귀하는 거리다
목숨 건 귀환처럼 이파리들 밑에 숨어 있다
다시 태어난 곳을 찾아오듯
돌아오는 늙은 호박들이 있다

chung jung Lye

생명

반달 매표소

터미널이라 부르지만 차부라 하는 말이 더 편하다

사람보다 보따리가 더 많이 모이는 곳 가장 멀어도 한 시간이 안 되는 거리와 아직도 저녁연기를 날리는 마을까지 첫차부터 막차까지 표를 팔고 있는 노인은 지폐를 들이미는 손만 보고도 표 값을 안다 그나마 가까운 거리는 매표에서 제외되었고 그 자리를 시내버스가 대신한다 멀수록 가까운 이웃들 팔아도 팔아도 울렁거리는 시간은 줄어들지 않는다

의자에 앉아 지루한 시간을 달려왔지만 정작 노인의 종착엔 지명이 없을 것이다 사방 몇 뼘 다 닳은 방석에 오래 앉아 있는 여행이었다

늘지도 줄지도 않은 매표를 비울 수 없는 자리 전기방석 위 뜨끈한 엉덩이가 오늘 남긴 이문의 전부다 막차를 보낸 밤 주섬주섬 어둠을 계산할 때 멀리 세 갈래 길이 합쳐진 곳 점멸등 깜빡거린다 하루를 몇 대의 차에 실어 보내는 일생이었다 가가호호 대소사를 훤히 아는 날들이었다 톱밥 난로에서 석유난로로 바뀐 겨울 지문엔 인근의 행선지가 굳은 살로 박혀 있다

반달 안에서 반달 밖을 내다보며 살았다 백팔십도의 구도에 맞춘 반원 속의 그림들 소리도 얼굴도 다 반달 밖에 있었다 반달 안에 갇혀 살았다

제 3 부

언젠가 압정 한 통을 쏟은 적 있다

이것은 몸을 돌아다니는 기형입니다

뒤척일 때마다 걸리는 곳 긁적일 때마다 따끔거리는 부위 밤나무 밑
에서 원한진 적 없고 탱자나무 아래서 눈 흘긴 적 없습니다 이것은 아
마도 언젠가 쏟고 줍지 못한 압정입니다 기침을 할 때마다 명치가 따끔
거립니다 박힌 곳마다 자국을 남기고 있는 압정입니다

몸살의 며칠을 꾹 눌러 고정해 놓고 있습니다
이불속에 눌려 기침만 펄럭거리고 있습니다

이것은 숨어서 제가 박힐 곳 기다리는 뾰족한 끝입니다 둥근 머리에
뾰족한 혓바닥이어서 입속에서 부지불식간에 튀어 나갑니다 한번 박히
면 손톱으로 빼내야만 합니다 팔다리가 없는 혀 이빨 귀 닫고 눈 감고
천리를 굴러가 따끔, 박힙니다

누구든 처음 만나면 물어볼 것입니다 언젠가 압정 한 통 쏟은 적 있냐
고 쏟은 압정에 찔린 적 있냐고 발목을 잡는다는 말은 수정되어야 합니
다 어딘가 숨어서 당신의 발목이 아닌 발바닥을 노리고 있는 압정이 분
명 있으니까요

그렇지만 압정은 감정이 있는 통증이어서 잘 달래서 툭툭 털면 가끔
은 잘 떨어지기도 합니다

싱거운 햇살 무정차로 지나간다

비어 있는 집 문간으로
온갖 잡풀들이 드나들고 있다
초록의 무법지대를 어슬렁거리는 나비들
한여름 낮잠에 든 빈집은
게으른 한 마리 짐승 같다
치솟는 초록의 털끝에서 노랑 혹은 보라색 꽃이 핀다
처마 끝으로 불룩하게 배를 불렸다
저녁이면 온통 배고픈 집
누군가 단단히 매어 두고 간 빈집

살다 보면 챙기고 가야 될 것보다
버리고 갈 것들이 더 많을 때가 있다
입 줄어든 그릇들
북적거리던 허기마저 말끔히 비어 있다
다시 남루한 시간을 살기 싫어서 쓰던 달력도 두고 갔다
벽에 걸린 예비군 군복에
바느질 촘촘한 가장의 이름이 매달려 있다

고추가 말랐음직한 멍석 위로
싱거운 햇살 무정차로 지나가다
지붕 위에서 멈칫 뒤돌아본다
버려두고 간 제기 한 벌
유치한 옻칠 드문드문 벗겨져 있다
올 추석엔 새 그릇에 밥을 받아먹든가
굶는 어느 조상이 있을 것 같다

도망치듯 빠져나간 흔적들
운동화 한 짝이 툇마루에 엎드려 있다
맑은 보름달과 흐린 보름달이 뜨는
추석이 있다

모래 위 난파선

그가 주저앉아 신음하고 있다
사람들은 알고 있지만 또 못 듣는 소리
지금쯤 어느 시간을 찾아 헤매고 있는지

가만히 귀 기울이면
폭풍우 속 함성 소리 들린다
만선의 풍악 소리 같은

지나온 시간들은 무심히 떠
저 혼자 흔들리며
날마다 조금씩 기울어 간다
오늘보다 내일 내일보다 모레
끌려가듯이
밀려가듯이

바람이 부는 날은
묻혀 가는 순서가 다를 뿐
점점 쇠잔해지는 소리
파도가 높은 이유이다

모래톱이 으스러진 몸을 일으켜 세워 보지만
빈 소리만 흘러내릴 뿐
남은 일생
서서히 막을 내리고 있다

옛것들의 함성

바닥의 힘

밑바닥의 힘
그것은 미진한 힘이라고 말하겠지만
세상의 배들은 모두 바닥의 힘으로 항진한다
바다는 밑바닥들의 길이고 파도는 그 밑바닥들의 험로다

그 밑바닥의 곡선은 험난한 파도를 탄다
뒤집힐 듯 출렁거리는 지구를 탄다

저기 뒤집힌 배가 뭍으로 견디고 있다
우주를 떠받히고 있다
여기저기 구멍이 나고 틈이 갈라졌지만
그 남루한 흔적이란
북극성과 남십자성을 오갔던 상처다
봐라, 뒤집힌 배의 밑바닥으로
구름과 파란 하늘이 미끄러지듯 흘러가고 있지 않는가
바짝 마른 흘수선 끝으로
노을과 수평선을 수선하고 있는 것이다

밧줄도 버리고 항로도 버렸지만
여전히 밑바닥의 힘으로 견디고 있다
반짝거리는 햇볕 수만 장을 타던
바닥의 힘으로 묵묵히 은하를 항진하고 있다

우물

당신이 나를 들여다보는 순간
나는 이미 안입니다
당신의 눈 코 입을 또렷이 그리기 위해
안으로 안으로만 깊어지는 나는
안입니다

당신이 생각 없이 나를 흔드는 순간에도
흔들리는 나를
한 바가지 두 바가지 퍼 올리는 순간에도
나는 당신의 안입니다

가끔 찾아와
빼꼼히 들여다보는 당신을
심술궂게 웃어 보이는 당신을
깊이깊이 품고 사는
나는 당신의 안입니다

흐르는 구름 떠 있는 낙엽 한 장으로
날마다 속을 채워 가는
나는 당신의 속 깊은 우물입니다

기원

단수

비가 내릴 듯한 날씨가 훈수를 둔다
느티나무 아래 노인들이
돌로 된 바둑판을 사이에 두고
바둑을 둔다
몇 천 년을 단단하게 굳어진 바둑판
악수惡手에 몰린 쪽은 그늘이 더 짙다
언제부터 이곳에서 한량한 대를 이어 온 것인지
나이 젊은 사람들은 머리를 갸웃대는 바둑판

연로한 언쟁과 전쟁이 몇 판씩 벌어졌다 치워지다 한다
한 알 한 알 놓이는 흑백의 바둑알
그들의 나이만큼 닳고 낡았다
둘러앉은 구경과 승패가 기우는 쪽으로
몇 잔 막걸리가 부어진다

갑자기 비가 내린다
들판을 쓸고 오는 소나기가 나무의 윗자락에 튄다
짓다 만 집들을 두고 퇴각이다

이제 빗방울들이 바둑을 둘 시간이다
빈 바둑판에 물기 가득한 바둑을 둔다
집도 없고 흑백의 바둑알도 없다
느닷없이 빠른 수를 놓고 있는 빗방울들
흑백의 전술도 없이 숨 가쁘게 펼쳐지는
전쟁은 지독한 수중전이다

어느 생이 잠깐 머물다 간 곳 같은 느티나무 아래
저 느릿한 낙엽의 복기復碁는 작년을 잇고 있다
느티나무 이파리 몇 장 훈수처럼 놓여 있는 바둑판
울긋불긋 영락없는 단수다

잠수 중

세숫대야에 얼굴을
담그던 장난을 기억하는지
코를 잡고 개울물 속에 들어가
오래 견디는 내기를 한 적 있는지
그때 숨에선
한 마리 개구리가 돌아다니고
해녀들이 깊은 잠수를 한다
송사리 피라미 떼가
눈앞에서 몰려다닌다

얼굴에선 헤엄치는 영법들이
자유자재로 이루어진다
참는 그 숨을 몰고 가는
무호흡의 세계가 기포로
퐁퐁 터진다
이때 양 볼은 아가미가 되고
팔다리는 지느러미가 된다

세숫대야와 숨을 참는 얼굴이
깊은 물속의 깊이다

물고기들이 부레에 저장해 둔
그 숨으로 펄떡이듯
폐부는 참는 숨으로
잠시의 아가미가 되는 것이다
숨을 죽인 순간들
참고 살아온 순간들이 다 아가미다

hung jung lye

삶

꽃의 화구火口

언젠가 들여다본 꽃의 화구火口에는
수백 송이 동백꽃이 활활 타오르고 있었지
평생 눈물 잦아 축축하던 사람
바싹 마른 꽃으로 타고 있었지
거센 불길로 굴뚝을 찾아 흔들리고 있었지

통째로 떨어지는 꽃송이
일천 도의 화염이 골짜기를 밝히고 있었지
뜨겁던 꽃술들, 목숨 내려놓고
속수무책으로 불길 속에 들어앉아 있었지

한겨울 중환자실을 지나온
동백 한 그루
올봄에도 죽고 내년에도 죽고 싶다고 링거 병 속에서
똑똑 씨앗 받아 내고 있었지
얼굴에 불길 넘쳐 나고 있었지

꽃 없던 겨울을 지나온 봄
퇴원 없는 꽃들이 활활 탄다
포르말린 냄새를 풍기며 낭창 가지 끝에 앉아 있다

나무들마다 화구火口가 있어
뒤늦은 봄날을 움켜쥐고 있는 눈동자들
들여다보면 끔찍해
모두 눈 감고 향기를 맡고 있지 않은가

시들지도 못한 꽃, 멀리서 보아야 한다
붉은 목숨 떨어진 것 같다가도
내년 봄 이곳에 와서 꽃의 화구를
들여다볼 일 또 있을 것 같다

심장은 나비

초음파 검사실
모니터에 나타난 부채 모양의
얼룩나비
쉼 없이 팔딱이며 빨갛게 파랗게
반짝인다
한 번도 본 적 없는 나비 모양의 심장이
팔랑팔랑 날갯짓하고 있다
날개 소리가 우렁우렁한다
저 나비가
내가 까무러치게 놀라 움츠러들 때
가슴 움켜쥐며 슬퍼할 때
터질 듯 괴로워할 때
기쁨으로 부풀어 오를 때
둥둥거리며 내 가슴을 두드리던 그것인가
한 번도 밖이 되어 보지 못한 그것을
한 번도 안이 되어 보지 못한 내가
가만히 눈으로 만져 본다

후후 숨을 불어넣고

뜨거운 죽을 먹을 때
혹은 뜨거운 물을 마실 때
후후 숨을 불어넣은 후
먹을 때가 있다

달래는 것이다
다 앓고 뜨거움만 남은
물과 음식
네 처지를 다 안다는 듯
후후 불어 달래는 것이다

뜨거운 것들에게는
소용돌이치는 태양풍이 들어 있고
뜨겁다 못해 따가운
불의 끝, 꽃이 들어 있다

후후 부는 일은
불 끝을 달래는 일
꽃을 식히는 일

사람의 숨으로 진정을 시킨 후에야
제 맛을 느낄 수 있는 뜨거운 뒤끝들

현악기

한겨울 할당된 저의 음音
다 부려 놓으려 밤낮으로 쩡쩡 울린다

한겨울, 앞 강엔
쩡쩡 긴 금이 가는 소리
강변과 앞산이 서로 힘껏 당겨
현악기 줄 조이는 것이다

아마도 육 현은 넘는 것 같고
열두 줄 현을 거는 것 같다
줄은 미동도 없고 다만
바람이 자진하듯
줄에 감겼다 가는 것이다

공명통은 열 길 깊이로 울리고
지느러미들이 붙어 있다

기러기발雁足이 밟고 있는
봄이 오면 철거될 저 현들
돌을 맞아도 아이가 지나가도
물고기들의 잠이 깊어도
아랑곳 않고 쩡쩡 울리는

날개

겨드랑이가 가려운 사람들은 모두
날개가 돋아날 것이라고 믿었다

겨드랑이에 날개를 달고 태어난 아이를 맷돌로 눌러 죽였다는 할머
니의 이야기를 듣는 밤에는 나도 모르게 내 겨드랑이를 만져 보곤 했다

거대한 날개는 늘
석양 쪽으로 날아가곤 했다
붉은 깃털과 먼 지평선을 온몸에 두르고
멀리 펼쳐진 산 하나를 끌고
저녁 속으로 날아가곤 했다

저녁은 늘 한쪽 날개로 나는
붉은 노을이었다
흐린 날에는 어느 큰 처마 밑이나
둥지가 있어 그 날개 보이지 않았다

바닷물이 시퍼런 날 세우고
풀벌레가 울고 달이 와장창 깨지고
항아리들마다 여린 날개가 돋아 웅웅 울었다

풀 끝에 앉아 있는 날개들과 풀숲 사이에서 빛나던 꽁지들 나뭇가지
위에 앉아 담장의 길이를 재던 털끝들

붉은 석양은 한낮을 한입에 삼키던
저녁이라는 날개

유곽

유곽에는 유곽의 불빛이 담긴 등燈이 있었다
그리고 유곽에는 유곽의 달이 필요하다
봄에 떠난 흰 꽃들이 도착하는 곳
목련 꽃송이에 방을 얻고 수줍은 사월이 머무르다 간다
벚꽃은 자잘한 넓이여서 사내들이 머무르기에 좋고
화르르 날리는 감언이설甘言利說이 소녀들의 귀에
귀걸이로 걸린다

여름이면 소나무 방 앞에 먹구름 불러 세워 커튼을 치고
천둥번개로 등燈을 단다
청춘이 늙으면 저 작은 그늘을 저어
따끔거리는 바람을 맞을까
송화 가루 날리고 감꽃이 떨어지고
개구리 입 떨어지는 절기나 하릴없이 참견할까

가을이면 모든 등 다 끄고
붉게 물든 단풍나무 방에 약관의 나이, 어리둥절한 젊은
시인을 모실까
달빛은 맑고 풀벌레 소리에 누룩을 섞어 만든
감 맛 같기도 하고 무화과 맛 같기도 한 술을 대접할까

겨울엔 바위들도 흰 살이 불어
입성 좋은 손님 같다
동백을 곁에 두고 묵직한 속내라도 넌지시 건네 볼까
뚝뚝 떨어져 내리던 지난봄을 위로할까

새벽 세 시 어둠이 서쪽으로 막 쏟아지고 있을 시간
지금을 어느 계절이라 정하면 좋을까
마지막 등을 끄면 고요해지는
정원이라 하기에는 큰 공원에 모든 방들이 문을 닫는다

모습

주변은 적막
잠은 달아나고
창밖의 빗소리 보인다

밤과 밤사이 달리는 바퀴 소리 보인다 이럴 땐 먼먼 기억이나 더듬어
볼까
말똥말똥한 눈으로 생각을 짚어 가면 머릿속엔 빗소리만 더욱 크게
꽂히고
빗물이 가슴께를 넘쳐 축축하게 젖어 다가오는 그림자 하나

호롱불 앞에서
빗소리 꿰어 캄캄한 밤을 꿰매던
어머니

모습

너럭바위

오빠,

일 년 농사 다 털어서 도시 유학 시킬 때 집안 사정 막무가내 용돈 타령만 했지 제 길 막는다고 무쇠 같은 주먹 날려 퇴학이니 정학이니 손이 발이 되도록 부모님 속을 까맣게 태웠지 어머니가 아파도 동생이 죽어 가도 모른 척 제 앞만 챙기며 피둥피둥 맥주잔과 벗했지

언제부턴가 세상 보는 눈이 생겨 무심하고 차가운 자신을 아는지 이따금 햇빛 쨍한 날 따끈해진 너럭바위 등 내밀며 뜸한 발길 쉬었다 가라하지 하지만 바위는 바위일 뿐 누구나 움켜쥘 수 있는 흙은 될 수 없지 비가 오고 바람이 불어도 한 자리 지키며 바위로만 살지

꼴통 소리 들어 가며 한 마을을 지키지

포도밭 풍경

포도는 눈꺼풀도 없이 흰자위도 없이
까만 흑점입니다
손바닥들이 가린 초록과 초록 사이
알알이 매달린 눈동자들은
포도밭 고랑의 끝 아득한 소실점만 따라갑니다

탱탱하고 야무진 보라색이
연주도 없이 관중도 없이 날마다 부풀어 갑니다
그녀의 소문처럼 포도알 속엔
파랗고 붉고 검은 여름이 차례로 들렸다 갑니다
꼬리 물고 이어지는 소리들
이 끝에서 저 끝까지 돌고 돕니다
돌아가는 길목엔 항상
깊고 깊숙한 소실점들이 숨어 있습니다

소문이 멈춰 선 곳
초록이 갈색으로 변해
눈이 시큰해지고 소문도 달콤해집니다
눈 까딱하지도 않은 소문이 있고
넓은 귀들이 이파리처럼 펄럭이지만
포도 넝쿨 뒤틀리며 계절이 갑니다
아니, 오고 있는지도 모릅니다

기일 忌日

향을 꽂아 냄새를 알린다
냄새가 다 빠져나간 향촉이 무너져 내린다
가늘고 긴 이파리도 없는 꽃이 다 진다
이름 석 자로 남겨진 가계家系 앞에 무릎 꿇은 손이 떨린다
음복하는 술잔 속에 생전의 모습이 어른거리는
열세 해 기제 날 밤이 깊어 간다

허물어지는 날을 알 수 있다면
벽 없는 날 잡아 미리 누울 수 있었을까
아픈 이부자리 깔고도 버티던 자존심이 끊어질 듯
불꽃으로 이어진다
그 외며느리도 흰머리가 늘었다
곱던 얼굴에 주름이 엉켜 있다
한 대를 이어 가는 옹골진 자부子婦

먼 남쪽 바닷가에 묻어 둔 기억
두 갈래로 땋아 내리던 머리카락이 가늘게 시들었다
바닷바람이 키워 낸 뼈대 속이 비어 가고
그 자리 네 자녀가 울타리처럼 자리 잡았다

고혈압으로 쓰러졌던 이름이 위폐 안에서 웃고 있다
정성껏 올린 메밥이 마음에 드시는지 술잔이 넘친다
나란히 앉은 수저가 탕 속에 꽂힌다
똑똑 젓가락 소리로 찬을 권하면
묵언으로 건네 오는 당부의 말씀
스무 해 물려주신 가훈이 가슴으로 스며드는 밤
첨잔으로 자정이 쌓이고 있다

설화

길

죽은 새를 살짝살짝 건드리는 바람은
새의 깃털이 탐나기 때문일까
느긋하고 집요하게 한 올 한 올 깃털을 뽑고 있다

바람은 새의 깃털을 제 몸에 달고 새처럼 날개를 접거나 부리를 닦거
나 까마득한 벌레를 잡고 싶을 것이다 그리고 바람은 텃새의 영역을 이
어받아 고단하고 험난한 이동을 멈추고 물가에서 살고 탱자나무 아래
에서도 살며 텃세를 부리는 바람이 되고 싶은 것이다

바람은 다시 한 마리 새가 된다

죽은 새의 털실을 푼다 한번 풀리기 시작한 털실 끝이 없다 털실은 부
풀어져 점점 몸을 가누지 못한다 가로세로 가다가 막히면 다른 길로 되
돌아간다 나비의 날개가 되고 싶고 풍장을 지나고 고산의 말발굽 소리
가 된다

스스로 만든 힘에 얽혀 옴짝 못한다 구름으로 떠돈다 하얀 털실 뭉치
그 안에 습기를 머금고 언제 터질지 모르는 물주머니가 되어 간다 자신
보다 커져 버린 실타래에 감히 접근할 수도 없다

남겨진 새의 뼈들 속엔
음악을 꿈꾸는 바람이 고여 있다

낙타

낙타의 혹은 5개다 아니 2개다
낙타 다리는 4개다 6개다
아무리 우겨도 낙타는 낙타다
그래서 낙타의 눈은 슬프다
슬픈 눈에는 사막의 구릉이 보인다
구릉을 헤매는 발자국
묻힌 발자국들은 말이 없다 아니 아우성이다

누군가 또 그 구릉을 간다
말 없음의 황량함
황량함 뒤에는 아버지가 계신다
혼자서 끝없는 모래밭을 걸으셨던 아버지
흙먼지 속에서 신기루를 보셨을까

낙타의 등이 굽은 이유를 알겠다
사막을 건너다 휘어 버린 등뼈
그것은 걸어온 날만큼의 나이테
훈장은 아름답다

낙타 위에는 끓는 태양이 있고
태양 아래는 모래바람이 있고
모래바람 곁에는 갈증이 있고
갈증 안에는 아버지가 있고
아버지 속에는 내가 있다
이젠 알겠다
낙타가 되어 버린 아버지
사막을 건너기 위해 낙타 중의 낙타가 되셨다는 걸

종묘, 까마귀들

검은 행색들로 보아
까마귀 나라 마지막 황제의 국장이 치러지고 있나
하늘까지 무겁게 차일을 치고
찬바람 속 공원에 검은 외투를 걸친 할아버지들
부서진 햇살을 쬐며 삼삼오오 모여 있다

머리에서 발끝까지 온통 굳은살이 박혀 있다
번잡한 상가에서는 아무리 떠들어도
꼭 한 사람의 목소리는 빈다
빈 발자국만 다녀간다
앉아 있는 조문객 사이로 등을 토닥거리며 돌아다니는
죽은 이의 손바닥처럼
공원엔 빈자리만큼의 바람이 분다

제각각 떠들어 대는 소리들
제 소리에 귀가 멀었나
살아 있는 동안 미리 언쟁을 마치겠다는 듯 요란스럽다

눈은 반쯤 닫혀서 지팡이가 앞장서 걷는다
그중 한 무리는 벌써 모퉁이를 돌아 급식 줄로 서 있다
먼저 먹은 음식이 더 배부를 것처럼
안 보이는 얼굴은 입에서 입으로 잊혀져 간다

저녁이 되고 검은 옷의 까마귀 떼 일제히 날아오르고 나면
앉았던 자리 빈 박스에 적막만 차갑다
가로등 아래 벤치마다 그림자만 어른거린다

▶▶▶ **저자 약력**

삼정 **정정례**(鄭貞禮)

* 2010년 월간 유심 신인문학상
* 제26회 대전일보 신춘문예 당선
* 제5회 천강문학상 수상
* 제3회 한올문학상 수상
* 2021년 호미문학상 수상
* 시집 『시간이 머무른 곳』, 『숲』, 『덤불 설계도』, 『한 그릇의 구름』, 『달은 온몸이 귀다』, 『시래기 꽃피다』
* 국제펜클럽한국지부 이사
* 사임당문학 시문회 회장
* 삼정문학관 관장

* 제34회 대한민국 미술대전(국전) 우수상 (서양화 비구상)
* 문화체육부 장관상 (아카데미미술대전)
* 국회의장상 (나라사랑미술대전)
* 서울시장상 (수채화 공모대전 대상)
* 한국미술협회 우수초대작가상
* 아카데미미술협회 우수초대작가상
* 인사동 아트페어 올해의 작가상
* 개인전 5회, 단체전 50여 회

* 대한민국 미술대전 심사위원역임
* 대한민국 수채화공모대전 심사위원, 운영위원역임
* 대한민국 아카데미미술대전 심사위원역임
* 한국여성 미술작가회 운영위원역임

* 현 한국미술협회 부이사장
* 대한민국 아카데미미술협회 이사
* 대한민국수채화작가협회 이사
* 한국여성 미술작가회 감사
* 국전작가회, 수채화작가협회 이사
* 이메일: cjl1236@hanmail.net